사랑은 어느날 수리된다

사랑은 어느날 수리된다

안현미 시집

창비

차 례

제3부

제1부

카이로

1

일몰 후 아홉번째 달이 떴고

그는 동쪽 식탁 위에 왜가리처럼 놓인 촛대에 불을 붙였다

설명하고 싶었지만 설명할 수 없는 차원으로

그는 침묵을 사용하고 있었고

그가 사용하는 침묵은 골동품처럼 지혜로웠다

2

그때 폭설 속에 묻어둔 술병을 꺼내러 갔던 여자가 돌아왔고

그 여자가 데리고 온 낯선 공기는 순식간에 우리를 다른 차원으로 데려갔다

3

인생이란 원래 뭘 좀 몰라야 살맛 나는 법

4

아홉번째 핫산이 돌아왔다
설명하고 싶었지만 설명할 수 없는 차원으로
그는 인생을 사용하고 있었고
그가 사용하는 인생은 침묵처럼 두꺼웠다

5

다시 아홉번째 달이 뜨고
다시 시간은 골동품처럼 놓여 있고
다시 이야기는 반복된다
설명하고 싶었지만 설명할 수 없는 차원으로

원래 인생이란 뭘 좀 몰라야 살맛 나는 법

공기해장국

빨간 색깔의 슬픔 한개와 일곱개의 계절어를 가지고 있는 그녀는 러시아에서 왔다 우리는 그녀를 오로라공주라고 불렀지만 국립의료원 중환자실에는 위독한 어머니가 누워 계셨다 신원미상의 행려병자로 실려온 분들의 이름 불상님 1 불상님 2 불상님 3…… 불상님들과 나란히 어머니의 이름이 있다 셀 수 없는 무한과 셀 수 있는 무한 그 사이사이에서 무슨 일이 일어나고 있는가 국립의료원 뒷골목 어두운 다방에서 오로라공주가 러시아어로 울고 있을 때 나는 행려병자로 생을 마감한 나혜석을 생각한다 쪼그려 앉아 걸레를 빨다가 머리가 쏟아질 듯 아파서 혼자 병원을 찾은 어머니의 담담함을 생각한다 보호자의 수술 동의서가 필요치 않았다면 알리지도 않았을 친정어머니의 마음을 생각한다 셀 수 없는 무한과 셀 수 있는 무한 그 사이사이에서 무슨 일이 일어나고 있는가 한명의 아들과 두명의 딸을 키웠지만 혼자 병원에 입원한 그녀는, 행려병자로 실려온 불상님들과 나란히 위독한 그녀는, 여러가지 색조의 무한과 두명의 딸 중 한명의 업둥이를 기른 적이 있는 그녀는, 동냥젖을 먹고 자란 내가 어쩌다 찾아가 사주던 공기해장

국을 달게 먹던 그녀는, 공기해장국을 먹고 공기처럼 사라진 그녀는,

언젠가 나는 오로라공주처럼 낯선 곳에 도착해 운 적이 있다 불상님이 되어본 적이 있다 국립의료원 뒷골목 오래된 식당에서 공기해장국을 주문한다 그녀가 없는 여름이다

백 퍼센트 호텔

악어가죽 가방을 든 여자가 도착한다 결정적으로 코를 빠뜨린 녹색 카디건을 입고 있다 비에 젖은 트렁크에선 빗물이 떨어지고 호텔 로비의 괘종시계는 자정을 가리키고 있다 콧수염을 손질하던 카운터의 남자가 여자를 향해 고개를 돌린다 묻는다 얼마나 투숙하실 건가요? 나는 이곳에서 일곱번의 봄을 사용할 거예요 호텔 밖엔 여전히 비가 내리고 빗속엔 얼마간의 아프리카 향이 함유되어 있다 전망이 좋았으면 좋겠어요 결정적으로 여기는 백 퍼센트 호텔이지요 일곱번의 봄을 충분히 사용하실 수 있답니다 그러나 당신은 결정적으로 코를 빠뜨렸으니 당신은 당신 자신을 견뎌야 할 겁니다 죽고 싶지 않다면

여자는 신중하게 대답을 골랐다 AEC8

그것은 거의 아름다웠다

늪 카바레

악어가죽 가방을 든 사내는 결정적으로 유쾌하고 인공적인 습기와 이국적인 구름들 월, 화, 수, 목, 금, 토, 일 결정적인 일곱개의 단서들 백 퍼센트의 심증으로 사내는 유일한 용의자를 향해 심문을 시작한다 당신은 이곳에서 일곱개의 봄을 사용했습니까? 그것은 거의 진실입니다 여자의 대답 속엔 얼마간의 아프리카 향이 함유되어 있다 묻는 말에만 대답하십시오 당신은 이방인입니까? YES 결정적으로 코를 빠뜨린 녹색 카디건을 입고 이곳에 도착했지요? YES 당신은 간첩입니까? NO! 당신은 당신 자신을 인정해야 할 겁니다 살고 싶지 않다면

여자는 신중하게 모국어를 골랐다 에이씨팔

그것은 몹시 아름다웠다

불혹, 블랙홀

칼 쎄이건의 저서 『코스모스』를 참조하자면
약 150억년의 나이를 가진 우주의 역사를
달력의 1년으로 줄인다면
지구의 탄생은 9월 중순 어느날 일어난 사건이며
그후 10일쯤 지나 최초의 생물이 싹트고
인간의 조상이 불을 사용하게 된 것은
12월 마지막 날의 마지막 15분 정도에 지나지 않는다고 한다.*

곤드레나물밥을 먹는다
곤드레나물밥을 먹으며 지나가는 시간을 잠시 바라보는 것만으로도
우리는 잠시 사는 것

곤드레나물밥을 먹는다
곤드레나물밥을 먹으며 지나가는 시간을 잠시 씹어보는 것만으로도
우리는 잠시 사는 것

누군지도 모르는 사람의 삶을 인용해서 살고 있는 것만 같은
불혹, 블랙홀

곤드레나물밥을 먹는다
꼭꼭 씹어 먹는다

곤드레나물밥을 먹는 일만으로도
나는 잠시 너를 사랑하는 것

* 어디선가 읽고 메모해두었지만 어디서 읽은 건지는 잊었다. 잊어먹는 동안에도 나는 살고 있었던 것이고 곤드레나물밥은, 시간은, 가끔 맛있었다.

배롱나무의 동쪽

개심사를 제 속에 들어앉혀놓고 연못은 고요하고 배롱나무는 꽃을 피우고 있습니다 최대한 허리를 펴 보다 높은 동쪽 가지를 꺾어 후다닥 도망치던 꼬부랑 할머니는 돌아가 와병 중인 할아버지의 약탕기에 그 배롱나무의 동쪽 가지를 넣고 치성으로 약을 달이겠지요 상왕산 절집 마당의 해가 떠오르는 쪽 가지를 탐한 이유는 묻지 않아도 알 수 있는 법 개심사를 제 속에 들어앉혀놓고도 연못은 고요하고 후다닥 도망치던 꼬부랑 할머니 보살의 뒷모습 설법은 아직은 배롱나무 꽃처럼 높고도 아득하여 내 마음은 그만 주저앉아버리고 말았습니다

사랑 2.0

옥상 장독대 위 산당화

산당화 위 안테나

안테나 위 뭉게구름

뭉게구름 위 비행기

떴다 떴다 비행기 우리 비행기

그해 내 마음의 가장 높은 봄을 지나

아득히 날아가던 너라는 비행기

사랑

연암은 열하를 일러 '사나이가 울 만한 곳'이라 했다는데
당신은 바다를 일러 '사랑이 울 만한 곳'이라 한다

지금은 세계가 확장되는 시간

난 한번도 세계를 제대로 읽어본 적 없다
그건 늘 당신으로부터 사랑이 왔기 때문
그밖의 것에 대해서는 나중에, 아주 나중에 말할 수 있다

지금은 사랑이 확장되는 시간

물고기가 키스하는
이 명랑, 이 발랄!

우리는 본능적으로 어떤 시간을 활용할지 아는 연인처럼
혹은 맨 처음 바다로 나아간 최초의 사람처럼

우리는 진짜 인생을 원해

저 바람 좀 봐 애인을 도대체 어디로 데려가는 거야
저 파랑, 저 망망!

그리고 공연히 무작정의 눈물이 왔다

구리

누군가 정성으로 아니 무심으로 가꿔놓은 파밭 그 앞에 쪼그려 앉아 파 한단을 다듬는 동안 그동안만큼이라도 내 생의 햇빛이 남아 있다면, 그 햇빛을 함께해줄 사람이 있다면, 여름과 초록과 헤어지는 일쯤은 일도 아닐까 무심으로 무심으로 파 한단을 다듬을 동안

망우리 지나 딸기원 지나 누군가 무심으로 아니 정성으로 가꿔놓은 파밭 지나 구리 지나 여름을 통과하는 동안 하얗게 하얗게 파꽃이 피는 동안 여름과 초록과 헤어지는 동안

어떤 삶의 가능성

스물두살 때 머리를 깎겠다고 전라도 장수에 간 적 있다 그곳엔 아주 아름다운 여승이 있었고 나와 함께 그곳에 머물던 경상도 아가씨는 훗날 운문사 강원으로 들어갔다 나는 돌아왔다 돌아와 한동안 무참함을 앓았다 새로운 인생이 막 시작되려는 중이었는데 내겐 거울도 지도도 없었고 그저 눈물뿐이었다 나는 나를 꺼내놓고 나를 벗고 싶었으나 끝내, 나는 나를 벗을 수 없었고 새로운 인생이 막 시작되려는 중이었는데 나는 감히 요절을 생각했으니 죄업은 무거웠으나 경기장 밖 미루나무는 무심으로 푸르렀고 그 무심함을 향해 새떼가 로켓처럼 솟아올랐다 다른 차원의 시간이 열리고 있었다 업은 무거웠으나 그런 날이 있었다

사랑의 사계

봄

꽃이 피었다

!!!

여름

장마가 시작되듯

사랑이 시작되었다

///////

가을

장마가 지나가듯

사랑이 지나갔다

(마침표가 도착했습니다)

.

겨울

합체란 해체를 전제로 한다?

그리하여

사랑이여, 차라리 죽는다면 당신 손에 죽겠다

정치적인 시

신대륙에서 베껴온 시간을 들고 한 사내가 막 입장한다
사내는 입장과 동시에 샴페인을 터뜨리고
사내의 무리들은 어른인지 어린이인지
삽질 쿠폰, 사은 쿠폰, 제휴 쿠폰, 기념일 쿠폰, 쿠폰 쿠폰 쿠폰
상점들은 온갖 할인 쿠폰이 들어 있는 두꺼운 전단지를 마구 살포하고
회오리가 발발하고 태풍이 강타하고 쓰나미가 쓸어가고 원전이 폭발하고
지구 곳곳이 아픈 밤

명명백백하게 '비정규 세대'라고 명명당한 우리 세대
우리는 우리의 입장을 세울 틈도 없이
주저없이 초 단위로 할인되고
우리는 우리 세대에 장기출석하지 못하고 있는 주인공인데
누가 누구의 시간을 할인하고 쎄일하는가
누가 누구의 삶을 분리하고 분배하는가

피도 눈물도 없이
총도 핵도 없이

정치적인 시

우리는 선천적으로 두개의 음악을 가지고 있다. 들숨과 날숨! 낮에는 돈 벌고 밤에는 시 쓴다. 운에는 울고 율에는 웃자. 그리하여 실천으로 우리의 운율은 울음이 되고 웃음이 되고 종내에는 음악이 되고 시가 되고 밥이 되고 법이 되고 사랑이 된다. 음,파,음,파 우리는 숨 쉬자. 기억하자. 실천하자. 후천적으로 조작되고 오염되기 이전 우리들의 최초의 들숨과 날숨으로, 실천적으로, 실전적으로 정치하게!

화란

1

엄마는 노루모산을 끼고 살았다
신이 되려는 중인지

2

너는 내일 표를 들고 오늘의 기차를 탔고 짝짝이 구두를 신고 있었고 빌려 쓰고 갚지 못할 감정으로 잔뜩 신용불량자처럼 굴었고 우리는 신화의 시간을 잃어버렸고 세계의 오존층은 구멍이 났고 전쟁, 지진, 쓰나미, 기아, 자살폭탄테러…… 신이 되려는 중인지 엄마는 노루모산을 끼고 살았고 아무것도 아닌 그러나 아무것도 아닌 것은 아닌 기록할 수도 기록하지 않을 수도 살 수도 살지 않을 수도 없는 (죽을 수조차 없는) 그런 날이 있었다

사랑도 없이

1

반투명의 창문 같은 19세기 해양지도를 들여다본다고 했다

패, 경, 옥, 겁, 붕, 만 이런 글자들을 읊조린다고도 했다

네 그림자는 네가 가진 새장 같은 거라 했다

누구나 제 그림자 하나쯤은 지닌 채 울먹이다 간다 했다, 生

2

흑, 흑, 흑

야근해,가 아니라 야해,라고 답하고 싶지만

나는 오늘도 야근해

뼈, 뼈, 뼈

아픈 불혹이야

3
왜 자꾸 우는 것이냐?
밀린 일기를 쓰듯 밀린 마음을 기록하고 싶어요
다른 차원의 시간이 찾아올 수 있게
다른 얼굴의 마음이 찾아올 수 있게

4
홈스쿨링을 하는 제주 소녀처럼 쓴다

'바다는 우리들의 다음 시간입니다'

연희-하다

장원에는 고양이와 꿩이 살고
자정이 오면 스무개의 창문은 목련처럼 피어오른다

나는 장원의 심부름꾼
고양이, 꿩, 창문, 목련의 꿈을 작물처럼 가꾸는 자

손님들은 계절마다 얼굴을 바꾸고
나는 계절마다 버려진 얼굴을 뒤집어쓰고

나는 유희하는 자
나는 연희하는 자
나는 환희하는 자

생각해보면 생각지도 못한 곳에서 바람은 불어오고
또다른 국면은 생각지도 못한 곳에 있다
고양이, 꿩, 창문, 목련, 물고기, 언어처럼

아아

꿈이 없다면
꿈이 없다면

나는 장원의 심부름꾼
우주로 쏘아올린 인공위성처럼
자정이 오면
09:00~18:00까지의 나는 나를 작동하고

아아
꿈이 없다면
꿈이 없다면

이별수리센터

P에게

누나…… 나…… 내일부터 꽃을 준 여자랑 연애할 거예요 밑바닥에서 사랑까지 생을 바꾸어야만 다다를 수 있는 사랑 묵묵부답인 사랑 마네킹 같은 사랑…… 위상공간 같은 지옥과 싸이버 같은 천국을 하루에도 수십차례 왔다 갔다 하는 사랑 꽃이, 꽃이, P지 않는 사랑…… 울거나 술을 마시거나 울면서 술을 마시거나 하여간 취생몽사 몽생취사의 흐리멍덩한 사랑…… 변증법적인 단계를 거쳐 서른이 되고 싶다는 말…… 공산당선언만큼 낡아버린 그 말 누나…… 나…… 내일부터 꽃을 준 여자랑 여행할 거예요 다른 차원으로 사랑할 거예요 색연필로 그려준 누나의 사랑과…… 꽃도 시들면 쉰내가 난다던 말은 분리수거해서 사용할게요…… 그러니 누나…… 봄이나 기다리며 생을 낭비하자던 약속 같은 건 종량제 쓰레기봉투에나 버려줘요…… 우리 모두 미래의 누군가에겐 위로가 될지도 모르는 존재들이란 누나의 말은 이별과 함께 수리해서 쓸게요 누나…… 누…… 나……

p.s.

끝내기 위해서는 시작해야만 한다. 끝날 줄 알면서도 시작해야만 한다. 그리하여 사랑은 어느날 수리된다.

화면조정시간

마흔

소설가와 여자는 인터뷰를 하고 있다 장소는 시인의 방이다 여자의 심연 속엔 신산한 삶이 남긴 상처를 녹여내는 알려지지 않은 열이 있는 것 같다 그건 변질되지 않고 계속 열의 상태로 존재할 것이며 그 열은 신을 대상으로 하지 않는 신앙 같다고 소설가는 노트한다 후에 그 글은 여자의 심연 속에 은동전처럼 가라앉는다 시간은 자정이다 모두가 깊이 취했으므로 모두가 저주스러운, 중력을 견디며 외롭고 긴 여행 중인, 지금은 이 별의 화면조정시간 *치지지직치지지직* 시간을 과복용한 것도 아닌데 벌써 마흔 불혹과 유혹은 구식이지만 공백을 입은 것처럼 가볍고 편해 결국 산다는 건 사라지는 거 아닐까? 하는 농담을 심연 속으로 던지며 누군가는 그 동전이 외로워질 때까지 시를 생각할 거라 했고 누군가는 신을 대상으로 하지 않는 신앙 같은 그 열로 죽음에 이르겠다 했으나 *치지지직치지지직* 시간을 과소비한 것도 아닌데 벌써 마흔 누군가 켜둔 채 잠든 TV처럼 아무것도 수신되지 않는, 무서운 속도로 날아가는, 멀미나는, 지금은 이 생의 화면조정시간

제2부

봄

그 봄으로 한 여자가 입장한다 맨발이다 일순간 일제히 모든 시선이 여자가 끌고 온 여행가방의 테두리처럼 상처투성이인 그 발에 주목한다 사위는 적막을 껴입은 듯 고요하다 여행가방처럼 먼 길을 끌려다닌 여자의 그림자가 여자를 끌어안고 먼저 쓰러진다 누가 누구의 배후인가 눈물이 고인다 문제를 풀기 위해선 문제 안으로 들어가야 한다 눈물도 그와 같다 문제는 뜻밖의 문제가 늘 다시 되풀이된다는 것

그 봄으로 바퀴 달린 신발을 신은 아이가 등장한다 그 봄의 입구에는 19금(禁) 표시가 붙어 있다 누가 누구를 금지하는가 꼬리에 꼬리를 물고 봄이 이어진다 봄을 사용하기 위해선 봄 안으로 입장해야 한다 문제는 뜻밖의 문제가 늘 다시 되풀이된다는 것

그도 그렇겠다

그리하여 그도 그렇겠다 글렌 굴드를 듣는다 당신은 가벼울 필요도 없지만 무거울 필요도 없다 내 생의 앞 겨울을 당신을 훔쳐보면서 설레었으나 그 겨울은 거울처럼 깨져버렸고 깨진 겨울의 파편을 밟고 당신은 지나갔다 글렌 굴드를 듣는다 지나치게 자기 자신이 된다는 것, 그게 시라고 나는 생각해오고 있다 그게 나무라고 나는 생각해오고 있다 포도나무가 있는 여인숙에 홀로 투숙한 여행객의 고독처럼 지금 서 있는 자리가 서 있어야 할 자리라고 매일 아침 자신을 속이는 어떤 허무처럼 일인용이고 일회용인 한 개도 재미없는 삶처럼 그리하여 죽음처럼 글렌 굴드를 듣는다 출근과 퇴근, 누가 만든 미로일까? 당신은 무거울 필요도 가벼울 필요도 없다 당신이 없는 겨울을 거울처럼 들고 사랑의 부재 또한 사랑 아니겠는가 지금은 그런 생각도 해보는 겨울이다

상수리나무

스스로를 용서할 수 없을 것만 같은 날 배봉산 근린공원에 갔지 사는 게 바빠 지척에 두고도 십년 동안 한번도 가보지 못했던 그곳 상수리나무라는 직립의 고독을 만나러 갔지 고독인지 낙엽인지 죽음인지 삶인지 오래 묵은 냄새가 푸근했지 스스로를 용서할 수 없을 것만 같은 날 죽음이 다음이어야 하는지를 묻기 위해 배봉산 근린공원에 갔지 바퀴 달린 신발을 신은 아이는 바퀴를 굴리며 혼자 놀고 있었지 어차피 잠시 동안만 그렇게 함께 있는 거지 백년 후에는 아이도 나도 없지 상수리나무만 홀로 남아 오래전 먼저 저를 안아버렸던 여자의 젖가슴을 기억해줄 테지 스스로를 용서할 수 없을 것만 같은 날 그곳에 갔지 직립의 고독을 만나러 갔지 죽음이 다음이어야 하는지를 묻기 위해 상수리나무를 만나러 갔지

꿈의 환전소

그 이야기에 따르면 그 꿈의 환전소는 도서관 가는 길에 있다고 한다 그곳에는 도깨비방망이를 잃어버린 이상하고 어이없는 도깨비들이 죽은 나무나 들여다보면서 일년 내내 주문만 외우고 있다고 한다 시 나와라 뚝딱! 씨 나와라 뚝딱! 이상하고 어이없이 아름다운 그 환전소에는 슬픈 것들이 그리운 것들로 옮겨가 앉을 만큼 오랜 시간이 지나가도 아무 일도 일어나선 안되는 듯 절대 아무 일도 일어나지 않고 이상하고 어이없는 도깨비들은 계속 이상하고 어이없이 아름다운 나라에서 뚝딱뚝딱하면 시가 나오고……

그 이야기의 또다른 판본에 따르면 그 꿈의 환전소는 악마와 천사의 거리만큼 떨어진 곳에 있다고 한다 그 옆에는 한그루 거대한 나무가 있는데 그 나무는 자신의 그림자를 일년 내내 들여다보면서 09시부터 18시까지 매일매일 서류를 작성하고 있다고 한다 지겹지도 흥겹지도 않은 나라에서 이상한 것은 그 나무 그림자에선 일년 내내 이상하고 아름다운 시간이 도깨비처럼 나타나 일년 내내 일요일을 환전해주고……

전갈

— 천안이나 아산을 지날 일이 있으면 연락하렴. 죽기 전에 한번 봐야겠다.

구 선생님

여름 감기를 얻었고, 감기를 얻듯 애인들을 얻었던 시절들은 아주 오래전에 지났다는 생각이 듭니다. 끌림, 들림, 홀림, 울림. '림'으로 끝나는 단어들을 수집하기 시작했고, 새벽에는 가을의 약속을 겨울의 약속으로 변경했으며, 꽃병 속에 그려진 하얀 새는 빨간 부리로도 충분히 슬픕니다.

구 선생님

여름방학을 맞이하여 방학 중에 읽으면 좋겠다고 칠판 한가득 판서해주시던 그 책 목록들을 아직도 기억합니다. 그때 날리던 흰 분필 가루들과 분필 가루가 묻은 선생님의 손가락을 여전히 기억합니다. 그 책들을 붙들고 겨우겨우 건너온, 사소했지만 힘겨웠던 80년대 제 유년을 기억합니다. 그때 판서를 하시던 선생님의 뒷모습을 기억합니다. 치명적인 독을 품고 있지만 어쩔 수 없이 사막의 고독을 운명으로 받아들인 전갈의 뒷모습을 닮았던.

구 선생님

나이를 거꾸로 센다는 미얀마의 올랑 사키아라는 부족을 생각합니다. 태어나면 60살이고 60년이 지나면 0살이 된다는 그 부족의 나이 계산법을 생각합니다. 제가 지나온 연대기를 생각합니다. 87년이나 86년을 지날 일이 있으면 연락 주십시오. 죽기 전에 저도 한번 봐야겠습니다.

돌멩이가 외로워질 때까지

서둘러 밥을 먹고 낙산으로 산책 가는
점심시간
산동네 담벼락에 누군가 그려놓은 낙타가
베란다 그늘 아래 서 있다
그늘 아래서 꿈꾸고 있다
시원한 꿈이겠다

내가 탐하는 그늘은 고비사막에 있다
내 더듬이는 한번 더듬은 것들을 지문처럼 새긴다

돌멩이가 외로워질 때까지
돌멩이가 외로워질 때까지

나는 그게 시라고 생각한다

서둘러 산책을 마치고 사무실로 돌아가는
점심시간

내가 먹은 밥은 그곳에 있다
나는 그게 시라고 쓰고 싶다

이 별의 재구성

E

얼마 전 15년 동안 살던 동네를 떠나 이사를 했다. 내 의지와는 상관없이 재개발 논리에 강요당해서였지만 뭔가 새로운 서식지를 찾아 이동하는 초식동물 같은 기분이 살짝 들기도 했던 게 사실이다. 낯선 공기와 낯선 출근길과 낯선 버스노선도…… 낯선 것투성이의 낯선 일상이 심지어는 마음에 들기까지 했다. 그건 아마도 38년을 사용해도 문득문득 타인처럼 낯선 '나'라는 존재가 그냥 그저 그런 낯선 것투성이 중 하나일 뿐이라는 어떤 극미한 안도감 때문이었던 것 같다. 색깔로 치자면 모과향이 풍부한 희미한 노랑 같은.

W

최초의 바다, 당신이 내게 보여준, 설명하고 싶었지만 설명할 수 없었던 그 거대한 아름다움, 위악도 위선도 아닌 바흐의 평균율 같은, 인간의 왕에게조차 공평하게 생의 비린내를 선사하는, 메멘또 모리, 메멘또 모리, 그렇게 출렁이던, 당신이 내게 보여준, 최초의,

S

남쪽으로 튀어,라는 소설책을 읽었어. 소설 속 등장인물이 말했지. “국민연금은 낼 수 없어! 국민연금을 내야 한다면 난 국민을 관두겠어!” 반했지. 쉽게 반하고 쉽게 희망하고 쉽게 취하고 뭐든지 쉽게 정드는 게 내 특기니깐. 그런 내가 마음에 들던 당신과 그런 내가 마음에 들지 않던 당신. 그렇게 극과 극인 당신들에게 반했던 최초의 순간들이 너무 닮아 있어서 그 순간 당황했던 마음을 들키지 않으려 고개를 돌려 바라봤던 남쪽 하늘. 이 별을 떠나는 누군가가 도착할 가로도 세로도 없는, 3차원도 4차원도 아닌 무차원의 위상공간 같았던.

N

매일매일 자전하고 공전하는 이 별의 낡은 테라스에 앉아 글렌 굴드를 듣는다. 피아노의 검은 건반과 흰 건반. 아무도 가보지 못한 검은 대륙과 흰 대륙. 자작나무의 영혼을 가진 당신과 함께 꼭 한번 가보고 싶었던. 아무도 가보지 못한 이 별의 어떤 가능성.

여름 산

첫 기차를 타고 무덤으로 갔다

무덤 위 무덤 무덤 옆 무덤

여름 산은 그렇게 무덤들도 푸르게 키우고 있었다

남의 둥지에서 태어난 어린 뻐꾸기의 울음을 빌려

무릎을 꿇고 올리는 정종 두잔

아버지, 그리고 나의 두번째 엄마

엄마 2호

빨강 에나멜 구두
장난감 소꿉놀이 세트
마론 인형과 함께
택배처럼 배달됨
태백처럼 외로움
시계 읽는 법을 배움
국립의료원 중환자실
신원미상 행려병자 '불상님'들과
나란히 누워 있는 우리 엄마
태백처럼 큰 슬픔
지금, 여기, 이곳이 네 집이지
늘 그러던 우리 엄마
불현듯 갑자기 훅 이 생을 건너감
다음 생 같은 건 약속할 틈도 없이
나의 두번째 엄마
사랑해,라는 말은
너무 작아서 쓰지 못함

시마할

그는 여행자 배롱나무의 동쪽을 다녀온 자 無에서 꺼내온 시간을 들고 방금 막 도착한 자 현 없이도 울음을 데리고 아름다움에 참여하고 있는 자 그는 여름 바람 앞의 미루나무, 사랑 옆에 서 있는 여자, 야생 두릅을 삶아서 먹는 저녁 밥상, 미지의 곳을 헤매다 돌아오는 여행가방, 분노로 빛나는 물항아리, 질문하는 구름 그는 무릅쓰는 자 불행과 고독 무의미와 어둠 중력과 천민자본주의 불가항력과 부조리를 끝끝내 무릅쓰는 자 삶은 고독 삶은 부조리 삶은 학살의 일부*

그럼에도 불구하고 끝끝내 그는 사람
'삶'은 '사람'을 줄여놓은 말이 아닐까?
악몽에서 악몽까지 걸어가는
서른여덟번째 촛불을 밝히는

그럼에도 불구하고 반투명의
편서풍에 실어 보내도 좋을
마침내 시시해지기 시작하는

이를테면 물고기를 키우는

* 김소연 시의 제목 '학살의 일부'를 빌려 쓰다.

다시 카이로

너는 구시가지를 지나왔어

암흑의 핵심에 대하여 생각했고 암흑으로도 빛나는 램프를 발명하고 싶어해

모스크의 첨탑을 가리키고 있는 눈먼 예언자의 지팡이는 여러 생 전엔 너였을지도 모르지

너는 무언가를 기다리고 있어

전쟁, 지진, 쓰나미, 기아, 자살폭탄테러……

삶은 죽음만큼이나 아득하다,고 느끼면서

새로운,이라는 강박에만 사로잡힌 이 세계

너는 구시가지를 지나왔어

무엇이 기다리고 있는지도 모르는 채

분홍에 빠지다

너는 분홍 꽃, 분홍 강, 분홍 양말, 분홍 크레파스, 분홍 풍선, 분홍 돌고래를 좋아해

도도, 콰가얼룩말, 바다밍크, 애빙던거북, 공룡, 아틀라스곰……
매일 수백의 생물이 멸종되고 있는 이 세계

너는 무언가를 기다리고 있어?
너 자신의 멸종을?

새로운,이라는 강박에만 사로잡힌 이 세계

너는 싸이 몽고메리가 탐사한 아마존의 분홍돌고래의
멸종되고 말 분홍을 사랑해

너는 무언가를 기다리고 있어?

무엇이 기다리고 있는지도 모르는 채

배롱나무의 안쪽

마음을 고쳐먹을 요량으로 찾아갔던가, 개심사, 고쳐먹을 마음을 내 눈앞에 가져와보라고 배롱나무는 일갈했던가, 개심사, 주저앉아버린 마음을 끝끝내 주섬주섬 챙겨서 돌아와야 했던가, 하여 벌벌벌 떨면서도 돌아와 약탕기를 씻었던가, 위독은 위독일 뿐 죽음은 아니기에 배롱나무 가지를 달여 삶 쪽으로 기운을 뻗쳤던가, 개심사, 하여 삶은 조금 차도를 보였던가, 바야흐로 만화방창(萬化方暢)을 지나 천우사화(天雨四花)로 열리고 싶은 마음이여, 개심사, 얼어붙은 강을, 마음을 기어이 부여잡고 안쪽에서부터 부풀어오르는 만삭의

내간체

결혼 후 한 계절이 지났습니다 입덧이 시작되었고 제가 믿고 싶었던 행복을 얼음처럼 입에 물고 있습니다 너무 서둘러 시집왔나 생각해봅니다 입안이 얼얼하고 간혹 어린 엄마였던 언니가 너무 사무칩니다

삶의 비애를 적확하게 바라본다는 것은 나쁜 일은 아닐 테지만 나를 보아 너무 서둘지 않아도 나쁘진 않았을 텐데 어리고 영민한 여자가 현모양처가 되기란 동서남북 이 천지간에서 얼마나 얼얼해야 하는 일인가 그럼에도 불구하고 우리가 믿고 싶었던 행복을 얼음처럼 입에 물고 너도 곧 엄마가 되겠구나 무구하게 당도할 누군가의 기원이 되겠구나 여러 계절이 흘렀으나 나는 오늘도 여러개의 얼음을 사용했고 아무도 몰래 여러개의 울음을 얼렸지만 그 안에 국화꽃잎을 넣었더니 하루 종일 이마 위에 국화향이 가득하였다 그 향을 써 보낸다 그저 얼얼하다 삶이

물구나무선 목요일

1

비밀이 필요한 계절이었고
우리는 시장에 갔고
아무것도 사지 않았다

아무것도 사지 않았지만
우리는 값을 치러야 했고
그것은 어딘가로 날아갔다

그때 누군가 날아가는 그것의 뒤통수를 향해 소리쳤다

“이별! 너는 정말 끔찍하게 아름답구나.”

2

한 스님이 물이 가득 찰랑이는 유리컵 속에 한방울의 잉크를 떨어뜨리고 물었다
이 물을 다시 맑고 투명하게 하는 방법이 무엇이겠느냐

3

단 한방울의 잉크를

단 한방울의 잉크가

단 한방울의 잉크로

본디 그것은 그렇게 시작되었다

홈스쿨링 소녀

소녀는 비행기를 타고 왔다고 했다
고문받는 꿈을 꾸다 착륙했다고 했다
그 꿈은 몇번째 생의 5교시였을까, 생각했다고 했다

오늘 내게선 과학실 비커에 담긴 알코올 냄새가 난다
비극적인 냄새가 난다,고 혼잣말로 중얼거리다 혼자 놀란다

안녕, 하고 당신은 서울역 앞에서 손을 흔들었지 우리는 오랜 역사가 먼지처럼 쌓인 다방에 앉았지 나는 그때도 사무원이었어 시간이 그리 많지 않다는 이야기 이렇게도 해보는 거지 누군가는 도착하고 누군가는 떠나고 우리는 쌍화차를 마셨었나? 당신은 남반구에 다녀올게,라고 말했지 다음 생에 다녀올게,라고 말하는 것처럼 심상하게

나는 당신을 한 계절은 의심하고 한 계절은 원망하고 한 계절은 욕하고 한 계절은 술을 따라주었지 누가 만든 미로일까? 밤과 낮 삶과 죽음 이별과 이별

소녀는 겨울을 가로질러 왔다고 했다
자신의 거울을 찾아왔다고 했다
자신의 다음 시간은 과학시간이라고 했다

오늘 내게선 과학실 비커에 담긴 알코올 냄새가 난다

축 생일

오늘은 내 생일인데 밥상이 날아가고 핸드폰이 날아가고 불판 위에서 지글지글 구워지던 삼겹살이 날아가고 소주병이 날아가고

뜻밖의 밤

오늘은 내 생일인데 생일 폭죽처럼 머리통이 터지고 갈비뼈가 부러지고 돈, 돈, 돈 우린 돈 게 분명해

뜻밖의 밤

사랑하는 사람이 나타나면 울리는 알람이 있다고 믿는다 했다 꼭 사랑이 아니라도 울리는 알람이 있다는 말은 생략, 그건 좀 슬픈 이야기니까

뜻밖의 밤

우리는 사랑을 향해 동행할 수도 있었는데 늙은 저녁 서

로의 외롭고 긴 외출을 기다려줄 수도 있었는데 가난한 내가 무작정의 우리로 확대될 수도 있었는데 대략 그 정도의 빚을 지고 싶었을 뿐인데

뜻밖의 밤

밥상이 핸드폰이 불판 위에서 지글지글 구워지던 삼겹살이 소주병이 날아가고 오늘은 내 생일인데 사랑해,라는 말의 가장자리에서 우리는 촛농처럼 흘러내리고 있다 작별을 생일 선물처럼 들고

뜻밖의 밤

영원히 그 코 없는 밤은 오지 않을 듯이*
뜻밖으로 이마가 맑아지는

* 이상 「아침」에서.

에서에게서 훔쳐온 ∞

추곡약수터의 새벽안개를 기억한다 그 새벽에 내 영혼까지 다다르던 그 서늘함을 기억한다 세상의 모든 씨스템의 절반은 불필요의 필요에 의해 만들어졌다던 너의 말을 기억한다 우리화분이나하나살까?라고 띄어쓰기 없는 답장을 끝내 부치지 못한 것을 기억한다 메밀꽃을 경험한다고 적혀 있던 너의 일기장을 기억한다 눈물 속으로 들어가서 그 눈물의 일부가 되어버리는 것 그게 내가 생각하는 사랑이라고, 고백하지 못한 고백을 기억한다 그 모든 기억을 기억하지 않기로 했던 것까지를 기억한다 모든 관계로부터 네가 탈출한 그날 추곡약수터의 새벽안개를 기록한다 그 새벽에 내 영혼까지 다다르던 그 서늘함을 기록한다 세상의 모든 씨스템의 절반은 불필요의 필요에 의해 만들어졌다던 너의 말을 기록한다 우리화분이나하나살까?라고 띄어쓰기 없는 답장을 끝내 부치지 못한 것을 기록한다 메밀꽃을 경험한다고 적혀 있던 너의 일기장을 기록한다 눈물 속으로 들어가서 그 눈물의 일부가 되어버리는 것 그게 내가 생각하는 사랑이라고, 고백하지 못한 고백을 기록한다 그 모든 기억을 기억하지 않기로 했던 것까지를 기록한다 모든 관

계로부터 네가 탈출한 그날 추곡약수터의 새벽안개를 기다
린다……

제3부

장마

여보……

오늘 새벽 자명종은 끌 수가 없네

당신은 장마를 모르는 목소리로 말한다

이미 죽은 당신이 말한다

장미!

누군가 죽음에 연루되어 있다

곰팡이

곰팡이

춘천, 씨놉시스

#1 청량리역 혹은 뽀르뚜갈 광장

경춘선을 타기로 했다. 즉흥적으로. 봄이었으므로. 그러나 곧바로 떠나는 기차는 없었다. 그 순간 우리는 이 즉흥적인 여행을 그만둘 수도 있었다. 하지만 우리는 이미 청량리역 광장이 아닌 뽀르뚜갈 광장에 서 있는 이국의 여행자들처럼 밤 기차를 기다리고 있었다. '개와 늑대의 시간'이라 불리는 낮과 밤의 경계 위를 어슬렁거리며 광장의 시계탑 위를 물들이는 붉은 노을을 공유하며.

#2 기차 안과 밖

어두운 차창 밖으로 몇겹의 생이 파노라마처럼 지나가고 있다. 당신과 나는 그 어둠속에서 전생 혹은 전전생을 시청 중이다. 홍익회의 삶은 계란과 캔맥주를 홀짝이며. 이어폰의 리시버를 한쪽씩 나누어 꽂고 우리가 듣는 음악은 부에나 비스따 쏘셜 클럽의 이브라힘 페레르가 부르는 「Dos Gardenias」. 이국적인 그 음악은 전생의 당신을 닮았다. 당신은 노래한다. "치자꽃 두송이를 그대에게 주었네 사랑한다 말하고 싶어서 잘 돌봐주세요 그것은 당신과 나의 마음입니다."

#3 새춘천교회 그리고 일요일

그리고 일요일, 우리는 예배당을 찾아간다. 성경책도 믿음도 없이. 그러나 당신을 향한 찬송가처럼 몇개의 빗방울 흩뿌린다. 누구는 그걸 사랑이라고 부르는 모양이지만 우리는 그걸 음악이라고 부른다. 당신은 말한다. "이 길 끝에는 아무것도 없어."

#4 공지천 이디오피아

언젠가 나는 이곳에 와본 적이 있다. 열아홉 혹은 스무살 봄에. 사랑을 시작해도 부동산 투기를 시작해도 외국어 공부를 시작해도 실패하기 딱 좋은 나이, 실패해도 상관없는 나이, 즉흥적이어서 아름다운 나이, 열아홉 혹은 스무살 봄.

그때 우리에게 허락된 양식은 가난뿐이었지만 가난한 나라의 백성들처럼 가난하기에 더 열심히 서로가 서로를 향해 찬송가 불렀지. 찬송가책도 미래도 없이. 누구는 그걸 사랑이라고 부르는 모양이지만 우리는 그걸 음악이라고 불렀었지. 언젠가 나는 이곳에 와본 적이 있다. 전생 혹은 전쟁 같았던 그 봄 춘천에.

봄밤

봄이고 밤이다
목련이 피어오르는 봄밤이다

노천까페 가로등처럼
덧니를 지닌 처녀들처럼
노랑 껌의 민트향처럼
모든 게 가짜 같은
도둑도 고양이도 빨간 장화도
오늘은 모두 봄이다
오늘은 모두 밤이다

봄이고 밤이다
마음이 비상착륙하는 봄밤이다

활주로의 빨간 등처럼
콧수염을 기른 사내들처럼
눈깔사탕의 불투명처럼
모든 게 진짜 같은

연두도 분홍도 현기증도
오늘은 모두 비상이다
오늘은 모두 비상이다

사랑에 관한 한 우리는 모두 조금씩 이방인이 될 수 있다
그해 봄밤 미친 여자가 뛰어와 내 그림자를 자신의 것이라 주장했던 것처럼

다뉴세문경

언젠가 나는 거울에 대하여 이야기하고 싶었습니다 그게 오늘밤이 될지는 몰랐지만 말입니다 거울 밖엔 장미가 한창입니다 어디선가 몰려온 구름처럼 무거운 음악이 흐르는 이곳을 빠져나가면 앞도 뒤도 옆도 돌아보지 않는 사랑을 시작할 수 있을 것만 같습니다 그러나 우리는 사랑에 빠지고 싶다는 생각 하나만으로도 사랑에 빠져버릴 수 있었던 초능력을 상실한 지 너무 오래 다시 장미는 피는데 나는 죽은 사람인 것만 같습니다 자명종이 울리는 밤입니다 다른 세상이 열릴 것만 같은 밤입니다

언젠가 나는 거울에 대하여 이야기하고 싶었습니다 물냉면을 먹고 낙산 성곽길을 내려오던 밤, 당신이 내게 건넨 다뉴세문경을 닮은 거울에 대하여, 그 거울에 새겨진 기하학적인 무늬에 대하여, 오랜 세월 땅속에 묻혀 있던 그 거울에 비쳤을 오래된 어둠에 대하여, 오래된 두려움에 대하여, 그 거울에 새겨진 삼각형 무늬가 주술에서는 재생을 의미한다고 말해주던 당신의 옆얼굴에 대하여, 다시 자명종이 울리는 밤입니다 다른 세상으로 가는 거울 속입니다

1인 가족

새벽 5시, 세탁기를 돌린다 특별시의 시민으로서 세탁기를 돌린다 얼굴도 모르는 이웃들이 함께 살고 있는 8가구 다세대주택의 새벽을 돌린다 필시 누군가의 단잠을 깨울 것이 분명하지만 특별시의 시민으로서 살아남기 위해서는 정신없이 세탁기를 돌리고 출근을 하고 야근을 하고 정신없이 살아남아야 한다 정신없이도 살아남아야 한다

새벽 5시, 살아남아야 한다는 강박을 돌린다 얼굴도 모르는 강박을 돌려야 한다 층간소음 다툼으로 살해당할 각오를 하면서도 세탁기를 돌려야 한다 살아남기 위해서는 정신없이 살아남아야 한다는 강박을 돌려야 한다 특별히 살아남기 위해서는 살아남기 위해서는

투명 고양이

매일매일 출근해
바닥을 견디는 것
자신을 견디는 것

길고양이의 왼쪽 귀 끝
중성화수술 표시로 잘려나간
삼각형의 투명처럼

거기서부터 삶을 거기서부터 죽음을
Ctrl+C, Ctrl+V처럼
인생은 어디론가 흘러가고 있는데

투명한 삼각형에 연루되어
그늘지고 멍든 쪽으로
공손하게 두 발을 모으고 있는

왼쪽 귀가 잘려나간
길고양이의 결가부좌처럼

거기서부터 죽음을 거기서부터 삶을
Ctrl+X, Ctrl+V처럼
인생은 어디론가 흘러가고 있는데

매일매일 출근해
바닥을 시작하는
자신을 시작하는

투명 고양이

기억의 재구성

죽을 만큼 천천히

기차를 타고 낯선 도시에 낯선 여자의 손을 잡고 도착한 나는 다섯살 훗날 그 낯선 여자는 친언니로 밝혀진다

녹슨 가위를 들고 동맥을 오리는 나는 열여섯살 피 흘리는 동맥을 보고 기절하는 나는 열여섯살 훗날 그것은 동맥이 아니라 기억이라고 밝혀진다

방금 출시된 최신형 기억을 들고 맥락을 잃어버린 여자의 얼굴을 하고 있는 나는 마흔두살 훗날 그 여자는 무면허 기억판매자로 밝혀진다

(열여섯부터 마흔둘까지는 다른 이름으로 저장)

간혹 죽을 만큼 천천히 죽고 싶었을 뿐
그중 어떤 것도 거짓은 아니리라

더이상 출시되지 않는 1997년산 기억에 의하면 친언니로 밝혀진 여자는 은행원의 아내였으나 더이상 은행원의 아내

가 아니었으며 동맥이 아니라 기억을 오린 녹슨 가위는 녹슨 가위가 아니라 녹슨 기억이었으며 맥락을 잃어버린 여자가 무면허로 판매한 기억은 훗날 진품으로 감정된다

(열여섯부터 마흔둘까지는 다른 이름으로 저장)

간혹 죽을 만큼 천천히 살고 싶었을 뿐
그중 어떤 것도 거짓은 아니리라

나는 나비

남자는 막 막장에서 돌아오는 광부처럼 피곤함을 뒤집어 쓰고 인터뷰 중인데
이를테면 인생이란 매일 반복되는 만찬 앞에서 불같이 화를 내는 왕과 같아서
인생이란 조금 까맣게 슬퍼도 좋았는데

나는 법이라는 거미줄에 걸린 나비*

폭설로 가지 꺾인 소나무에게 묻는다
그래도 살아야겠냐고 묻는다

소나무가 응답한다
너라면? 너라면?

* 안도현 시인의 인터뷰에서.

영원히 나 자신을 고쳐가야 할 운명과 사명에 놓여 있는 이 밤에*

봄이고 밤이다. 목련꽃이 촛불처럼 피는 봄밤이다. 이스라엘의 팔레스타인 분리장벽 설치, 중국의 티베트 독립 유혈진압 사태 등 지구 곳곳이 아픈 밤이다. 가장 늦은 통일을 가장 멋진 통일로 이루어내야 할 국가의 새로운 장관은 색깔이 다른 사람들은 눈앞에서 꺼져버리라고 호통치는 시국이다. 그럼에도 불구하고 목련은 국민의, 국민에 의한, 국민을 위한 최첨단에서 꽃을 피우는 밤이다. 그리하여 절망할 수 없는 밤이다. 온몸으로, 온몸으로, 힘을 주라, 힘을 주라, 꾹꾹 눌러쓰는 봄이다. 영원히 나 자신을 고쳐가야 할 운명과 사명에 놓여 있는 이 밤. 아아 봄은 갔다. 그러나 다시 봄은 온다. 와야만 한다. 그리하여 절망할 수 없는 봄이다. 바람이 분다. 비가 온다. 분단과 분쟁의 이 미친 비바람 앞에서도 싸우라, 싸우라, 싸우라, 목련이여 설움이여! 나 자신의 절망이라는 검은 짐승과 싸우라, 싸우라, 싸우라, 목련이여 설움이여!

* 김수영 「달나라의 장난」에서.

아버지는 이발사였고, 어머니는 재봉사이자 미용사였다

빼아졸라를 들으며 웹사이트에서 점쳐준 나의 전생을 패러디한다

과거의 당신은 아마도 남자였으며 / 현재의 당신은 불행히도 여자이며 / 인간의 모습으로 당신이 태어난 곳과 시기는 현재의 보르네오 섬이고 / 여자의 모습으로 당신이 태어난 곳과 시기는 강원도 태백이고 / 대략 1350년 정도입니다 / 대략 1972년 여름의 일입니다 / 당신의 직업 혹은 주로 했던 것은 랍비, 성직자, 전도사입니다 / 당신의 직업 혹은 주로 하는 짓은 비정규직, 계약직, 시간제입니다

(어쩌자는 것인가)

빼아졸라의 아버지는 이발사였고, 어머니는 재봉사이자 미용사였다고 한다
내 아버지는 광부였고, 어머니는 장성 제1광업소 급식사이자 세탁부였다

(몰라, 얼음 죽을 때까지 얼음)

강 옆에서 물이 다 지나가기를 기다리는 사람*처럼
삐아졸라를 들으며 나는 내가 다 지나가기를 기다릴 뿐

* 김도연 산문집 『눈 이야기』에서.

봄봄

그 봄으로 한 여자가 입장한다

망할 놈의 봄비
망할 놈의 제비

그 봄에 한 여자가 아프다

봄이 두개라면?
봄이 두부라면?

그 봄에 한 여자가 웃는다

자신이 끌고 다닌 바퀴 달린 가방처럼
테두리가 사라지고 있는 영혼처럼

다시 테두리로 되풀이되는
다시 테두리만 되풀이되는

이와 같이

스포츠 뉴스를 보다가
베란다에 쪼그리고 앉아 담배를 피우다가
아파트 위층 화장실 물 내리는 소리를 듣다가
밤 열시 한전 검침원의 전화를 받다가
보온밥통의 마른 밥을 푸다가

서른은 온다

공자 가라사대
삼십이립(三十而立)이라고?

내일의 뉴스는 오늘의 뉴스와 다르지 않고
미래는 죽음으로부터 생성되며
죽음조차도
주어진 테두리 안에서만 온다

설운,
드디어
서른

하현

가을엔 시시한 게 좋아 시시한 하루 시시한 모임 시시한 영화 다시 새로 시시한 하늘까지

가을엔 다시 시시한 게 좋아 알고도 모르게 영 모르지는 않게 조금씩 조금씩 슬프달 것도 없이 시시각각 바뀌어가는 거의 아름다운 시시한 생각 생각들 가을엔 아무래도 시시할수록 좋아 그녀가 사랑했던 월요일들과 손톱만큼 지혜로워지는 이마들 낮과 밤의 길이가 똑같아지는 추분과 환타 빛깔로 빛나는 숲 그 숲속에 가마솥 뚜껑처럼 누워 있는 조상들의 무덤과 성묘를 마치고 방금 막 집으로 돌아가버린 여자애처럼 세로쓰기를 좋아하고 안드로메다 페가수스 카시오페이아 같은 가을 별들을 사랑했으나 자꾸 희미해지는 당신,

가을엔 아무래도 시시해지는 게 좋아 알고도 모르게 영 모르지는 않게 자꾸자꾸 슬퍼지려는 마음이 다시 시시해져버리게 빨리 늙어버리게

단풍

저 모든 빛깔로 빛나는
색색의 죽음

행선지 증산. 요금 일반 2,300 발권일자 2002-04-15 태백 시외버스 터미널 (033) 552-3100 승객용 승차권

실종자의 승객용 승차권 같은

마침내 투명에 도착하는

흑국보고기

태백

쓸쓸하고 퇴락한 나라
서럽고 황폐한 나라
진폐증을 앓는 검은 뼈들이
화광(火光)아파트 베란다에서
검은 해바라기 꽃으로 피는 나라
유령의 나라
아버지의 청춘이 묻힌 나라
어머니가 늙어가는 나라
방문을 향해 놓인
주인 없는 신발들만 사는 나라
주인 없는 신발들만 우는 나라
내 아버지는 대한석탄공사 장성광업소 주항항 광부였고
내 어머니는 대한석탄공사 장성광업소 밥해주는 아줌마였지만
그들의 삶은 한번도 대한석탄공사 연탄처럼 활활 타오른 적도 없는
막장 같은 나라
뼈만 아픈 나라

천제단도 있고
발원수도 샘솟지만
무저갱의 검은 피만 쏟아지는 나라
서럽고 황폐한 나라
태백이 아니라
흑백인 나라

눈물의 입구

여자는 바다를 하염없이 바라보고 있습니다
혼자입니다 그러나 완벽하게 혼자일 수는 없는 것입니다
생각해보면 생각지도 못한 곳에서 바람은 불어오고
또다른 국면에서는 미늘에 걸린 물고기들이
죽음을 향해 튀어오르고 있습니다

당신은 수동 카메라로 여자의 여름을 함께 들여다본 사람
불가능을 사랑했던 시간과 풍랑이 잦았던 마음
잠시 핑, 눈물이 반짝입니다

수면 위로 튀어오르는 물고기의 비늘도 반짝입니다
모든 오해는 이해의 다른 비늘입니다
아픈 이마에선 눈물의 비린내가 납니다
생각해보면 천국이 직장이라면 그곳이 천국이겠습니까?
또다른 국면에서는 사랑도 직장처럼 변해갑니다

사, 라, 합, 니, 다
이응이 빠진 건 눈물을 빠뜨렸기 때문입니다

여자가 하염없이 바다를 바라보고 있습니다
우리는 누군가의 첫사랑을 빌려 읽기도 합니다

눈사람의 공식

빠른 겨울과 느린 겨울, 두개의 겨울을 가지고 눈사람을 만드는 공식이 전국적으로 공모된다 인생역전의 거대한 상금에 사람들은 생업을 멈추고 열광한다

두개의 겨울을 공처럼 굴린다 털모자를 씌운다 중력을 추가한다 자전하고 공전한다 저녁이 추가된다 골목이 필요하다 악수와 박수 중 박수가 차선이다 말도 안된다 말이 많다 아니다 진보다 진부다 지옥이다 악마다 막말이 쏟아진다 핵심은 눈사람이 아니라 빠른 겨울과 느린 겨울이다 하얀 겨울 추운 겨울 혹독한 겨울 수많은 겨울 중에 왜 하필 빠른 겨울과 느린 겨울인가 문제의 핵심은 거기에 있다 아니다 날씨가 핵심이다 아니다 부동이 핵심이다 아니다 안이 핵심이다 맞다 아니다 맞다 아니다 아니다 그것도 맞고 이것도 맞다 그 말이 그 말이다 내 말이 그 말이다…… 눈덩이처럼 부풀어지는 말 말 말들

결국 공식 속에 모든 사람들의 말을 백 퍼센트 담을 수 있다는 여자가 공모에 당선되었고 사람들은 일상으로 돌아

갔으나 결국 눈사람을 만들기 위한 혹독한 추위가 전국적으로 선포된다 다시 백 퍼센트 겨울 공화국이 시작되고 있다

義
옳을 의

羊이 있다

我가 있다

我를 羊 아래 두는 일

표의문자를 만들던 옛사람들은

그것을 옳은 일 義라 여겼다

바위가 있다

바보가 있다

바위 아래 그가 있다

| 발문 |

오죽하면 시를

한창훈

현미구나.

파르라니 깎은 머리 감춰줄 고깔모자 하나 없었다지(그런 건 꼭 제때 없더라). 거울도 지도도 없이 그저 눈물만 승했다지(그 눈물은 어디에서 모여들었을까). 건방지게도 요절을 꿈꾸었을 때 너는 스물두살(그래서 어떻게 될 거 같았는데?). 넌 어떤 주술에 걸려 이 별에 스며들었니. 너를 우주에서 이곳으로 끌어당긴 이들에게 뭐라고 했니. 그래, 사람이어서, 시인이어서, 행복하니.

잎새에 이는 바람에도 괴로워하는 게 시인 족속의 숙명이라는데, 그래서 불행을 감지하는 것만큼은 탁월하다는데, 그러나 세상엔 나무가 너무 많고 잎은 더 많고 바람은 더더욱 쉬지 않고 불어오니 너, 시인은 안온할 틈이 없겠다. 밤마다 잠을 설필 것이다. 안온하지 못하다는 것은 골목을 돌 때마다 마주치는 게 죄다 슬플 것이라는 소리인데, 그리하여 그녀는 아프나 치유받지 못하고 있다. 외로우나 방문받지 못하고 있다. 슬픔에 동참하라, 사람들아. 이게 다 세상에 잎새가 있기 때문이고 바람이 불어오기 때문이고 운명의 끈으로 뒷머리를 묶어놓았기 때문이다. 에이 씨팔, 잎새주나 나발 불자. 나는 그녀에게 모국어로 말을 건다. "인생이란 원래 뭘 좀 몰라야 살맛 나는 법"이라지. 그래, 오죽하면 시를 쓰겠냐. 도대체 무엇을 알아버린 거냐. 하늘은 너무 위에 있고 발은 생각보다 무거운데.

종종 그렇게들 하니까 나도 그녀를 처음 봤던 이야기나 할까 싶다. 십수년 전, 가을하고도 어느 토요일. 나는 유용주 시인과 노원구 공릉동엘 찾아갔다. 행사 때문에 지방에서 전날 올라온 우리는 깊고 푸른 음주의 시간에서 막 빠져나온 상태였고, 마지막까지 버티던 동료들과(이상하게 이 경우에도 늘 시인들이었다) 광화문 인근에서 해장술을 나누고 막 헤어진 뒤였다.

그곳에 커다란 학교가 있었다. 서울산업대. 몹시도 웅장한 교문 아래로 많은 사람들이 들락거리고 있었다. 공부도 벅찰 텐데 산업까지 신경 쓰느라 이렇게들 바쁘구나, 나는 감탄하며 몇군데 건물 지나 어두침침한 강의실로 들어갔다. 열댓명의 학생이 빙 둘러앉아 있던 그 교실은 '야매' 분위기가 풍겼다. 학교 쉬는 기간에 숨어들어온 야학 학생들이거나 산업역군인 우리에게도 배움의 기회를 달라, 뭐 이런 분위기.

그러니까 지금 안동에서 살고 있는 이위발 시인이 친구인 유용주를 자신이 속해 있는 '시 공부하는 모임'에 초청을 한 거였다. 우리를 반기는 이 시인을 보면서 나는 그가 교수나 최소한 조교라고 생각했는데 알고 보니 그저 늙은 학생이었다. 늙은 학생이 담당교수 제치고 대장 노릇 하고 있었던 것이다.

"야, 일타이피네."

누군가 우리를 보고 그렇게 말했다. 유용주 불렀는데 한창훈이 별책부록으로 따라왔다는 소리. 이렇게 표현해도 된다면, 참 기특한 문예창작학과 학생들이었다. 토요일 오후에 쉬지도, 자지도, 놀지도, 연애하지도 않고 학교에 나온 것만 봐도 그랬다. 더군다나 학회, 시험, 이런 단어하고 아무 상관 없이 순전히 자기들끼리 주머닛돈 털어서 모여 있었던 것.

그 자리에 네살 정도의 아들을 데리고 있는 여자가 있었다. 로마인 얼굴형을 가진, 눈은 순하고 입매는 다부진 새댁이자 젊은 아줌마였다. 나도 어느 대학 문창과 강의 나갈 때 초등학교 2학년 딸아이를 데리고 간 적이 있지만, 그래서 수업시간 내내 아이가 이상한 가루과자 만들어 먹느라

비닐 문지르는 소리를 내서 학생들이 웃기도 했는데, 아이를 데리고 있는 학생은 처음이었다.

뒤늦은 입학은 신산스럽고 고된 처지를 가늠하게 한다. 내가 그랬으니까. 나나 그녀나 생고무같이 통통 튀는 이십대 초기를 축 늘어진 빤스 고무줄처럼 살았다. 나는 공사현장을 떠돌았고, 그녀는 회사 출퇴근하면서 아이를 낳았던 것이다.

무엇이 저 여자로 하여금 화창한 가을에 아이까지 데리고 교실로 오게 만들었을까. 왜 이 풍경이 모자(母子)의 단란함보다는 팔자 편안치 않아 보이는 쪽으로 읽힐까. 나는 잠시 생각했다. 시를 쓰려는 거겠지. 하긴 단지 그거겠지. 그런데 왜.

그녀의 까르르 웃는 소리는 그때부터 있었다. 물론 웃는 게 우는 것보다 삼천이백배 낫다. 히브리 속담에도 "웃음소리는 울음소리보다 멀리 퍼진다"가 있다. 그러나 슬픔이 많으면 일찌감치 죽어버리거나, 살아남았다면 웃는 거 말고는 할 게 없다는 사실도 우리는 알고 있다. 듣고 있으면 기분 좋은데 듣고 나면 공연히 쓸쓸해지는 그녀의 웃음소리는 이를테면 웃음 직전의 침묵, 웃음 직후의 허전함, 그리고 웃지 않을 때의 고단함, 그것들의 총화였다.

우리는 밥집으로 옮겨 소주를 마신 다음 노래도 부르고 춤도 추고 맥주도 마시는, 뭔가 엉성하되 그 모든 것이 다가능하도록 뒤엉킨, 그런 술집으로 2차를 갔다. 성실파는 이미 교실에서 보았다. 보편적 비성실파는 1차 식당으로 찾아왔었다. 상당한 비성실파는 비로소 그 맥줏집으로 왔다.

마지막 방문자 중에 도깨비 형상의 젊은 사내가 있었다. 넓고 굵은 골격, 커다란 머리통에 벌름거리는 콧방울, 두툼한 입술, 아주 짧은 목. 술자리가 익을 대로 익자 그 사내가 나에게 말했다.

"여기 술값 걸고 팔씨름 한판 어떻습니까."

야매를 넘어 야바위가 되는 순간. 나는 거부했다. 초청강사 따라온 사람이 뭐한다고 술값 책임지는 짓을 한단 말인가. 잘해도 본전인데. 학생들이 우르르 달려들어 한판 붙어보라고 부추기는 것을 못 들은 척 버티고 있는데, 무대에서 여학생들과 춤을 추던 오늘의 초청강사가 휙 달려오더니 순간 베팅을 했다. 강사료 받은 봉투를 꺼내 탁자에 탁, 내려놓은 것이다.

"나는 창훈이에게 오늘 받은 강사료 몽땅 건다."

학생들, 특히 여학생들은 시어머니 죽었다고 연락받은 며느리처럼 환호성을 내질렀다. 제기랄, 이 정도면 뺄 수가 없다. 더군다나 투자자도 나타난 마당에. 그리고 오래지 않아 나는 지고 만다. 학생들, 특히 여학생들은 시어머니가 숨겨놓은 정기예금통장 찾아낸 것처럼 브라보를 외쳤다. 유용주 시인이 혀를 차더니 내 자리에 대신 앉았다. 그리고 프로만이 하는 멋진 포즈를 취했다. 네 손가락을 반듯하게 펴서 안으로 까닥거린 것이다. 덤벼보라는 것. 그리고 그도 멋들어지게 지고 만다. 왼손도 졌다. 학생들, 특히 여학생들은 통장 비밀번호까지 알아낸 것처럼 괴성을 내질렀다.

유 시인이 받은 강사료는 30만원. 맥줏집 술값은 짜맞춘 듯 29만 8천원. 자리가 파한 뒤 우리 둘은 천원짜리 두장 든 채 이제 어디로 가야 하나, 깊은 밤 낯선 거리에서 하염없이 서성거렸다. 그 녀석은 진정한 야바위의 고수였다. '일단 줘라, 조금 있다가 자연스럽게 회수하면 된다.' 그게 공부와 산업을 병행하는, 그곳 문창과 '시 공부하는 모임'의 생활 태도였고 살아내는 방식이었다.

시간이 흘렀다. 십년쯤 전 내가 작가회의 청년위원장과 사무국장이라는, 집안 대대로 한번도 못해본 엄청난 직함을 연이어 할 때였다. 어떤 행사를 치르는데 두 손 걷어붙이고는 김치 썰고 안주 나르고 다 끝난 자리를 후다닥 치우는 한 여인네가 눈에 들어왔다. 그녀는 그러는 와중에도 손이 필요한 곳이 어디인가 계속 살펴보고 있었다. 작가보다는 일하는 아줌마에 가까웠다.

작가회의는 기본적으로 이런 사람들이 온다. 우아하고 고상한 이들은 올 곳 못된다. 잘 오지도 않고 왔다 하더라도 여기는 이런 곳이군, 이러면서 금방 간다. 맞다, 작가회의는 그런 곳이다. 몸을 써야 하는 곳이다. 글 쓰는 것 외에 돈도 벌어야 하고 농성도 하고 가투도 해야 하니까.

그렇지만 다들 일을 잘하는 것은 아니다. 성실한 자세만으로는 뭐가 되지 않는다. 능숙한 일솜씨는 몸에 밴 버릇에서 나온다. 거칠고 귀찮은 일을 많이 해본 사람만이 일머리를 잘 알고 있는 법이다. 저 훌륭하고 아름다운 삼순이과(科) 여인네는 누구란 말인가. 그녀가 안현미였다. 몇년 전 보았던, 아이 데리고 있던 그 새댁. 그녀는 그사이 등단하여 시인이 되어 있었던 것이다. 나는 또 생각했다. 오죽하면 시인까지 되었을까.

시인은 자기 인생을 유골함처럼 시집에다 담아놓는 버릇이 있다. 딸, 여성, 어미로 이어지는 태생의 의문과 몸부림, 그리고 그게 시로 만들어지기까지의 지난한 과정, 동굴 속에서 그토록 노력했건만 결국은 여성의 틀에 갇혀버려야 하는 불편, 불만, 불안의 떨림과 파장을. 지평선 너머로 날아가려는 영혼과 삶의 책임을 몇뼘 몸뚱이 속에다 어떻게든 강제 동거시키는 자세를. 나는 시집을 읽고 나서 고개를 끄덕였다. 그래, 그녀의 오죽이 이것이었구나.

내가 아는 시인 대부분은 근근이 살아가는 편이지만 어쨌든 그들은 시 쓰는 행위로써 자신의 상처를 매만지는 이들이다. 각 개인의 고난을 역사적 사명으로 견디기 위해 정신없이 태어났고 예전부터 일었던 잎새의 바람을 오늘의 괴로움으로 되살려 안으로는 인내의 자세를 확립하고 밖으로는 타인을 위한 삶의 백신을 만들어야 한다는 것을 본능으로 알고 있다. 병균에서 백신이 나오듯, 독이 약이 되듯, 환자한테서 명의가 나오듯, 안현미의 인생도 시를 통해 멋진 진화를 꿈꾸어왔고 이번에는 더욱 그렇다.

> 그는 여행자 배롱나무의 동쪽을 다녀온 자 無에서 꺼내온 시간을 들고 방금 막 도착한 자 현 없이도 울음을 데리고 아름다움에 참여하고 있는 자 그는 여름 바람 앞의 미루나무, 사랑 옆에 서 있는 여자, 야생 두릅을 삶아서 먹는 저녁 밥상, 미지의 곳을 헤매다 돌아오는 여행가방, 분노로 빛나는 물항아리, 질문하는 구름 그는 무릎쓰는 자 불행과 고독 무의미와 어둠 중력과 천민자본주의 불가항력과 부조리를 끝끝내 무릎쓰는 자 삶은 고독 삶은 부조리 삶은 학살의 일부
>
> —「시마할」 부분

그러니까 안현미는 아픈 결핍의 과거를 가지고 있는데, 그러면서도 착한데, 가난하면서 착한 것처럼 지랄 같고 가슴 짠한 것도 없지만, 그러기에 이런 시를 쓰는 것이다. 시시때때 안현미이더니, 곤두박질 안현미이더니, 그리하여 한번 더 안현미이다.

삶의 비애를 적확하게 바라본다는 것은 나쁜 일은 아닐 테지만 나를 보아 너무 서둘지 않아도 나쁘진 않았을 텐데 어리고 영민한 여자가 현모양처가 되기란 동서남북 이 천지간에서 얼마나 얼얼해야 하는 일인가 그럼에도 불구하고 우리가 믿고 싶었던 행복을 얼음처럼 입에 물고 너도 곧 엄마가 되겠구나 무구하게 당도할 누군가의 기원이 되겠구나 여러 계절이 흘렀으나 나는 오늘도 여러개의 얼음을 사용했고 아무도 몰래 여러개의 울음을 얼렸지만 그 안에 국화 꽃잎을 넣었더니 하루 종일 이마 위에 국화향이 가득하였다 그 향을 써 보낸다 그저 얼얼하다 삶이

—「내간체」 부분

시간이 또 잘 흘렀다. 네살이던 아이는 성인이 되었단다. 그녀는 그동안 아이 키우고 한권의 시집을 더 내고 그리고 여전히 돈 벌어 가족 생계를 책임지고 있다. 순한 눈에 입매 다부졌던 새댁은 사십대 초반의 아줌마가 되어 있다.

안현미 시인은 지금도 종종 본다. 생계에 휘둘리는 작가들을 보면 먼 곳에 자신이 가고 싶은 세상 하나를 만들어놓고 있다. 그 "길 끝에는 아무것도 없"다는 것을 잘 알고 있지만 그것으로 버틴다. 아무것도 없다면 그 텅 빈 곳이 모

두 내 것이 될 테니까.

그녀가 참 더디게 시를 쓰는 이유도 그것일 것이다. 내 것이 될 텅 빈 곳은 아직 너무 멀고 당장은 "당신의 직업 혹은 주로 하는 짓은 비정규직, 계약직, 시간제입니다" 이렇게 살고 있기 때문에. 행사, 공문, 감사, 보고서 따위의 지리멸렬 고리타분한 현실의 세계에 몸이 잡혀 있기에 더욱 그렇다. 그러나 니미랄, 비정규직이고 계약직이고 시간제인 것은 우리의 공통이다. 재빠르고 재수 좋은 몇몇을 들먹여본다 하더라도 이 별에서 사는 것 자체가 계약이고 시간제 아닌가. 그래서 그녀는 하루에 글자 하나씩, 벽에다 쪽쪽 점 찍어 시를 만들어가고 있는 것이다. 삶과 시는 닮을 수밖에 없으니 어쩔 수 없다.

그녀에 대하여 한 장면으로 정리한다면 이런 풍경이다.

요즘은 이빨이 여러개 빠져 몰골이 좀 그렇게 변해버렸지만 천재성을 지니고 있다고, 또는 있었다고 다들 말하는 시인 김정환 선배는 그녀를 만날 때면 두 손 번쩍 들고 이렇게 외친다.

"안현미 만세!"

그럴 때는 나도 동의해서 함께 두 팔을 올린다. 주변에서 마시던 두엇도 얼떨결에 들어올린다. 안현미처럼 사는 인생, 만세다. '만세'는 압박과 불편에서 해방되는 순간을 노래하는 단어이다. 지금까지 잘해왔으니 앞으로는 더 잘될 거라고 예측할 때도 쓴다. 뭐 당장 그렇게 안돼도 상관없다. 만세를 또 부르면 되니까. 자꾸 만세 부르다보면 얼마 있지 않아 그녀의 웃음소리가 정말로 행복하게 들리게 될 것이다. 그럼 됐지 뭘 더 바라겠는가. 그러니 너무 열심히 살지 말자. 시인의 성공은 세상의 실패를 증명하는 척도이다. 좋은 세상에는 아픈 시인이 있을 리 없으니까. 그리고 무엇보다도 걱정 없는 것은, 계약의 시간이 끝나기를 기다리는 근사한 자세를 그녀는 이미 알고 있다는 것이다. 이렇게.

> 강 옆에서 물이 다 지나가기를 기다리는 사람처럼
> 삐아졸라를 들으며 나는 내가 다 지나가기를 기다릴 뿐
> —「아버지는 이발사였고, 어머니는 재봉사이자 미용사였다」 부분

아, 팔씨름 잘했던 놈. 그는 최치언이라는 희곡작가이자 시인이다. 힘만 센 게 아니라 재주도 많아 이런저런 연극과 행사 연출을 맡기도 한다. 엄청나게 어려운 시집을 낸 적도 있다. 안현미 시인은 그에게도 천재성이 있다는 말을 간혹 하지만 나는 힘센 천재란 지구상에 존재하지 않는다고 생각한다.

韓昌勳 | 소설가

| 시인의 말 |

어떤 슬픔은 새벽에 출항하고 어떤 아픔은 영원히 돌아오지 못한다. 오늘 우리는 겨우 살아 있다. 어쩌면 저주가 가장 쉬운 용서인지도 모르겠다.

2014년 장미가 피는 계절 연희에서

안현미

창비시선 374
사랑은 어느날 수리된다

초판 1쇄 발행/2014년 5월 23일
초판 9쇄 발행/2024년 8월 28일

지은이/안현미
펴낸이/염종선
책임편집/이상술
펴낸곳/(주)창비
등록/1986년 8월 5일 제85호
주소/10881 경기도 파주시 회동길 184
전화/031-955-3333
팩시밀리/영업 031-955-3399 편집 031-955-3400
홈페이지/www.changbi.com
전자우편/lit@changbi.com

ISBN 978-89-364-2374-2 03810